잘-

해 해 해……

참 잘했어, 어버버!

SEOUL, 2008

참 잘했어, 어버버!

초판 제1쇄 발행일 2008년 5월 30일
초판 제42쇄 발행일 2022년 3월 20일
글 베아트리스 퐁타넬 그림 마르크 부타방 옮김 이정주
발행인 박헌용, 윤호권 발행처 (주)시공사
주소 서울시 성동구 상원1길 22, 6-8층 (우편번호 04779)
대표전화 02-3486-6877 팩스(주문) 02-585-1247
홈페이지 www.sigongsa.com/www.sigongjunior.com

ISBN 978-89-527-8691-3 74860
ISBN 978-89-527-5579-7 (세트)

*시공사는 시공간을 넘는 무한한 콘텐츠 세상을 만듭니다.
*시공사는 더 나은 내일을 함께 만들 여러분의 소중한 의견을 기다립니다.
*잘못 만들어진 책은 구입하신 곳에서 바꾸어 드립니다.

KC마크는 이 제품이 공통안전기준에 적합하였음을 의미합니다.
제조국 : 대한민국 사용 연령 : 8세 이상
책장에 손이 베이지 않게, 모서리에 다치지 않게 주의하세요.

참 잘했어, 어비버!

베아트리스 퐁타넬 글 · 마르크 부타방 그림 · 이정주 옮김

시공주니어

참 잘했어,
어버버!

드디어 기다리던 날이에요.

어버버와 나는 벌써 한참 전에 만나기로 약속했어요. 엄마 아빠는 너무 일찍 나가지 말라고 말렸어요. 그래서 난 새 잠바를 입은 채 현관 벽에 어정쩡하게 서 있어야 했어요. 난 너무 짜증이 나서 목도리를 둘렀어요. 복도에 나온 아빠는 내 모습을 보더니 털모자도 쓰라고 우스갯소리를 했어요. 난 약이 올라 진짜 털모자를 썼어요.

오늘은 9월 3일, 봄날 같은 날씨예요.(프랑스 학교들은 9월에 개학한다 : 옮긴이) 날 화나게 하지 말았어야지요. 부엌에서 엄마가 나를 보고 꽥 소리를 질렀어요. 그뿐만이 아니에요. 엄마 아빠가 학교까지 바래다주겠대요. 세상에, 내 꼴이 뭐가 되겠어요? 난 엄마 아빠를 말리느라 진땀 뺐어요. 어버버한테는 이런 문제는 없을 거예요. 걔네 엄마는 치과 의사라 아침 일찍 나가서 밤늦게 들어오거든요.

드디어 길모퉁이에서 어버버를 만났어요. 녀석도 이상하게 옷을 잔뜩 껴입었어요. 커다란 목도리를 턱까지 칭칭 감았지요.

내가 물었어요.

"어디 아파?"

어버버가 입을 열자, 곧 어찌 된 일인지 알았어요. 어버버는 목소리가 나오지 않았어요. 녀석은 될 수 있는 한 목소리를 짜내듯이 말했어요.

"후두염이야."

거참 이상해요. 어제 한참을 통화할 때도 멀쩡하던 목소리가 갑자기 안 나오다니요.

어버버는 내 귀에 대고 힘겹게 떠듬떠듬 말했어요.

"선생님이 자기소개를 시키면 네가 대대대신 내 이름과 그그급식한다고 말해 줘."

"알았어."

나는 대수롭지 않게 대답했어요.

하지만 사실은 짜증이 났어요. 어버버는 자기소개를 안 하려고 얼마나 이리저리 핑계를 대는지 몰라요. 어버버는 말을 더듬거든요. 차라리 솔직하게 말하지. 어버버는 내가 안 도와줄지도 모른다고 생각했나 봐요. 그래도 오늘이 중학교 첫날(프랑스 초등학교는 5년 과정이라 우리나라에서는 초등학교 6학년인 셈이다 : 옮긴이)인데, 설마 내가 모른 척하겠어요?

나중에 중학교 3학년쯤 되면 난 어버버에게
그때 후두염이 아닌 걸 알고 있었고, 거짓말을
하는 것쯤은 전혀 힘들지 않았다고 말해 줄 거
예요. 거짓말은 내가 좀 하거든요. 심지어 전혀
필요하지 않을 때도요. 그러니까 어버버 같은
친구를…… 내 가장 좋은 친구를 위해서는 문
제없지요.

우리는 학교 앞에 다 왔어요. 학교는 어마어마하게 컸고, 맞은편에는 아름다운 공원이 있었어요. 학교 앞은 학생들로 와글거렸어요. 아주 덩치 큰 형들도 있었는데 고등학교 3학년쯤 돼 보이는 형들 셋이 목욕 가운을 입고서 교문 앞을 지키고 있었어요. 학생들 사이에 내려오는 오래된 관습인가 봐요. 아무도 신경 쓰지 않는 눈치였거든요. 우리도 다른 학생들처럼 행동했어요. 아무렇지도 않게 교문으로 들어갔지요. 솔직히 말하면 어버버와 난 벌벌 떨었어요.

고등학교는 오른쪽, 중학교는 왼쪽이에요. 우리는 생쥐처럼 잽싸게 들어갔어요. 운동장에 몇몇 아는 얼굴들이 보였어요. 초등학교를 함께 다녔던 형 누나 들이에요. 우리는 조심

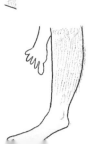

스럽게 살짝 인사를 나눴어요. 우리는 어떻
게 행동해야 하는지 잘 알고 있었어요.

하지만 우리는 학교를 보고 실망했어요.
중학교는 오래전부터 공사를 하고 있는 것
같았어요. 운동장 한가운데에 임시 건물이
여러 채 있었어요.

우리 교실은 그 건물 가운데 하나였어요. 바
로 여기서 첫 수업이 시작될 거예요. 참 초라
하지요. 새 학기 첫날을 임시 건물에서 보냈다
고 말하면 엄마가 어떤 표정을 지을지 생각했
어요. 그러자 피식 웃음이 났어요.

교실에서 어버버와 나는 가운데쯤 앉았
어요. 너무 앞에 앉으면 열심히 공부하는
척해야 하고, 너무 뒤에 앉으면 선생님이
질문을 많이 하거든요. 어버버는 소란한
실내에 갇힌 참새처럼 불안한 눈빛으로
주위를 두리번거렸어요. 어떻게 하면 첫
시간을 잘 넘길까 고민하는 것 같았어요.

나는 어버버를 대신해서 말할 준비를
마쳤어요. 이렇게 말할 거예요.

"선생님, 어버버가…… 아니, 바질 탕
부르가 저한테 대신 말해 달라고 부탁했
어요. 바질은 지금 목소리가 나오지 않거
든요. 바질 탕부르, 급식이오!"

난 머릿속으로 할 말을 연습했어요. 하
지만 새 담임선생님, 국어를 가르치는 로
스모르뒤크 선생님은 이렇게 말했어요.

"자, 종이 한 장씩 꺼내렴."

20

그러고는 뒤돌아서 칠판에 적었어요.

이름, 생일, 가족 관계, 부모님 직업…….

수업이 시작되었어요. 우리는 종이에 선생님
이 쓴 말을 베끼기 시작했어요. 난 어버버가 아
빠 직업을 뭐라고 쓸지 궁금했어요. 녀석의 종
이를 슬쩍 훔쳐봤지요. 헉! 그런데 어버버가 생
일 옆에 '지났음'이라고 적은 거예요. 난 소리
죽여 키득댔어요. 어버버가 나를 흘겨봤어요.

　"야, 이 바보야! 네 생일을 적어야지!"

　어버버는 아빠 직업에서 잠시 머뭇거리더니
'정육점 주인'이라고 썼어요. 어버버, 이 녀석
은 정말 못 말려요. 고기는 입에도 못 대면서
아빠가 정육점 주인이래요. 난 기가 막혀 말이
안 나왔어요. 왜, 이런 아저씨들은 하얀 모자가
달린 큰 옷을 입고 어마어마하게 커다란 고깃
덩어리를 나르잖아요. 뭐, 하긴 돈을 많이 버는
직업 같기는 해요.

결국 난 선생님한테 지적을 받았어요.

"거기 너, 뭐 하니? 고개를 들고 무슨 생각
하는 거야? 다 적었니?"

"네, 선생님."

"좋아, 그럼 걷자. 다들 책을 펼치렴!"

선생님은 손가락으로 어버버를 가리켰어요.

"거기, 너! 일어나서 샤를르 크로(프랑스의 시인이자 과학자 : 옮긴이)가 쓴 글을 읽어 봐."

이런! 어버버의 얼굴은 순식간에 홍당무가 됐어요. 나도 손이 축축해졌어요. 난 숨을 고르고 말할 준비를 했어요. 근데 녀석이 뭐라고 했죠? 목 아픈 병이 뭐라고요? 아, 그 병 이름이 전혀 생각 안 나요……

　그때 큰 드릴인지 굴착기인지가 요란한 소리
를 내며 온 교실을 뒤흔들었어요. 휴, 다행이에
요! 우리 목소리는 더는 들리지 않았어요. 선
생님 목소리도 안 들렸어요. 아니, 드문드문 들
리는 말로 대충 짐작했어요.
　"도대체 어떻게 수업을 하라는 거야…… 더
는 못 참아……."

우리는 다음 말은 금방 알아들었어요.

"다들 가방 싸서 밖으로 나가자!"

내 바로 앞에 앉은 녀석이 뒤돌아보며 물었
어요.

"선생님이 농담하시는 거지?"

"농담 아닌 것 같아."

곧 닥칠 폭격 때문에 대피소로 급히 도망치는 기분이 들었어요! 무슨 학교가 이래요? 이럴 줄은 꿈에도 몰랐어요. 아무튼 우리는 선생님을 따라갔어요. 세상 끝까지라도 따라갈 것처럼요! 공사판에서 들려오는 시끄러운 소리에도 불구하고 선생님의 뾰족구두 소리는 돌길을 따라 또각또각 울렸어요. 구두가 이렇게 말하는 것 같았어요.

"날 따르라! 그러면 보게 되리라! 또각또각!"

우리는 니콜 수위 아주머니가 있는 수위실을 지났어요.

"어디 가세요?"

"밖에서 수업하려고요."

선생님이 대답했어요.

우리는 길을 건너 공원으로 가 풀밭에 옹기
종기 앉았어요. 공원에는 '사각사각 사과나
무', '아삭아삭 배나무' 등 재미있는 이름표를
단 과일나무들이 많았어요.

　이름표를 보니 유치원 첫날이 생각났어요. 유치원생들은 두꺼운 종이로 만든 이름표를 달잖아요. 입학식 날에는 엄마 아빠를 다시는 못볼 것처럼 매달려 꺼이꺼이 울고요. 내가 초등학교 입학식 날에도 울었는지는 기억이 안 나요. 어쨌든 첫날부터 야외 수업이라니, 이보다 더 좋을 수는 없어요.

선생님은 풀밭에 앉자마자 구두를 벗었어요. 나는 빨간 매니큐어를 칠한 선생님의 발톱을 멍하니 쳐다봤어요. 선생님 발을 보다니, 참 드문 일이잖아요.

여자 아이들이 물었어요.

"선생님, 우리도 신발을 벗어도 돼요?"

"안 될 거 없지."

선생님이 싱긋 웃었어요.

어버버는 얼굴이 새하얗게 질려 내 귀에 속삭였어요.

"나 양말에 구구구멍 났어. 어어떻게 해?"

"우리는 벗지 말자. 발바닥에 간지럼을 너무 많이 탄다고 하지, 뭐."

선생님이 말했어요.

"오늘 첫 시간은 어휘와 명사에 대해 배워야 하지만 그보다 선생님이 어렸을 때 했던 것처럼 짤막한 글짓기를 하면 어떨까 해. 가장 기억에 남는 여름 방학에 대해 써 보자. 글을 쓸 때는 어떻게 시작하고 끝맺을지 잘 생각해야 해. 글은 간단하게 세 문단으로 쓰고, 원하는 사람은 친구들 앞에서 큰 소리로 읽어 보렴. 자기가 쓴 글을 다시 읽어 보는 게 중요해. 그래야 제대로 발음하는지 알 수 있으니까."

어버버는 겁에 질려 날 쳐다봤어요.

"읽고 싶은 사람만 읽는 거야."

난 녀석을 안심시켰어요.

루드밀라가 물었어요.

"선생님, 여름 방학 때 좋은 기억이 없으면 어떻게 해요?"

"그러면 안 좋았던 기억을 적으렴.
아니면 이야기를 지어내도 좋아."

　우리는 무릎에 공책을 올려놓고, 각자의 여름 이야기를 끼적였어요. 나뭇잎 그림자가 공책 위에서 살랑살랑 춤췄어요. 새 볼펜에는 잉크가 아니라 나무에 흐르는 물이 들어 있는 것 같았지요.

　모두 다 썼어요. 하지만 일어나서 읽겠다는 애는 아무도 없었어요. 그런데 어버버가 못을 깔고 앉은 것처럼 몸을 배배 꼬지 뭐예요.

　내가 슬쩍 물었어요.

　"왜 그래?"

"네가 내 그그글 좀 읽어 줄래?"

나는 이게 아주 중요한 일이라는 걸 금방 알아차렸어요.

"선생님, 바질이 저보고 자기 글을 읽어 달래요."

선생님은 놀란 눈치였지만 좋다고 했어요. 다른 질문은 하지 않았어요. 그래서 난 일어나 어버버가 쓴 글을 읽었어요. 어버버는 여름 방학을 참 좋아한다고 썼어요. 나무에 올라가서 오랫동안 나무와 두런두런 얘기할 수 있기 때문이래요. 나무는 어버버의 말을 들어줄 줄 안대요. 한 번도 어버버를 놀린 적이 없대요. 어버버는 친구들이 자기가 말을 더듬는다는 사실을 알아줬으면 좋겠대요. 오늘은 새 학기 첫날이니까요. 자, 이렇게 난 끝까지 다 읽었어요.

선생님은 어버버를 가만히 바라봤어요.

"참 아름다운 글이구나."

아이들은 잠시 웅성거리다가 곧 잠잠해졌어
요. 개똥지빠귀의 노랫소리와 바람에 흔들리는
나무 소리만 들려왔지요. 멀지 않은 곳에서 여
왕 동상에 올라간 한심한 남자를 잡으려고 공
원지기가 호루라기를 불었어요.

우리는 다시 정신을 가다듬었어요.

선생님이 말했어요.

"자, 이제 돌아가자."

우리는 가방을 챙겨 들고 꽃길을 따라 걸었
어요.

점심시간이 되었어요. 난 식당이 어떻게 생겼는지 얼른 보고 싶었어요. 얼마 전에 완전히 새로 지었다고 했거든요.

우아, 진짜 좋아요! 식권 대신 식당 카드로 계산을 하고, 여러 가지 음식을 맘대로 골라 먹을 수 있어요. 일하는 아주머니 아저씨도 친절하고요.

오후는 체육 시간이에요. 체육관도 공사를 하고 있어서 우리는 체육 선생님을 따라 다시 공원에 갔어요.

마지막 수업은 영어예요. 3층에 있
는 예쁜 교실에서 해요. 하지만 교실
을 제대로 찾은 애는 어버버와 조세
핀, 나, 이렇게 셋밖에 없었어요.
영어 선생님이 물었어요.
"다른 친구들은?"

우리는 대답할 필요가 없었어요. 복도 끝에서 아이들이 우르르 달려왔어요. 바람처럼 쌩하니 영어 교실을 지나갔지요. 아이들은 목적지를 지나쳤다는 걸 알고 다시 홱 돌아서 달려왔어요. 다들 이마에 땀이 송송 맺혔어요.

"죄송해요, 선생님. 교실을 잘못 알았어요."

"Welcome! Seat down, please, and take your book.(환영한다! 앉아서 책을 펼치렴.)"

우리는 무슨 말인지 몰라 대충 알아서 했는데 운이 좋았어요. 선생님이 말한 대로 맞게 했어요.

수업 끝나는 종이 울렸어요.

어버버가 학교를 나오면서 말했어요.

"오늘 하루 진짜 빠빠빨리 지나갔어."

"그래. 내일도 오늘 같으면 좋겠다!"

우리는 사이좋게 오렌지 맛 과자를 나눠 먹으며 집으로 돌아갔어요.

"우리 엄마가 오늘 있었던 얘기를 들으면 기절할지도 몰라."

"우리 엄마도."

어버버는 씩 웃음을 지었어요.

우리는 걸으면서 재잘재잘 수다를 떨었어요. 담임선생님에 대한 얘기도 했어요. 어느새 어버버의 집에 다 왔어요.

녀석이 인사했어요.

"잘 가!"

"응, 내일 만나자!"

옮긴이의 말

《말더듬이 내 친구, 어버버》에서처럼 이번 이야기 속에서도 두 친구의 우정은 여전해요. 어버버는 자기소개가 여전히 떨리고, 퐁퐁은 이런 어버버를 어떻게든 도와주고 싶어 하지요.

잔뜩 긴장했던 첫 수업은 학교 공사 때문에 공원에서 하게 되었어요. 뜻밖의 야외 수업은 생각보다 너무 편안해서 어버버는 마음을 열고 자신이 말더듬이라는 사실을 친구들에게 먼저 이야기해요. 학교 지붕으로 도망쳤던 전편과 달리 속마음을 드러내지요. 먼저 표현하지 않으면 상대방도 알아주지 않는다는 사실을 이제 알고 있으니까요. 그만큼 어버버는 한 뼘 더 자라났어요.

새 학년 첫날은 무사히 지나갑니다. 어버버와 퐁퐁은 사이좋게 집에 돌아가며 이야기는 끝이 나지요. 두 친구가 평범하게 인사를 나누는 마지막 장처럼 새 친구들도 어버버의 부족한 점을 평범하게 받아들이길 바랍니다.

이정주

헤헤어……

잘했어,
어뻐뻐!